City Lights
Birthday

Chika Hongo

Aus dem Japanischen
von Diana Hesse

Inhalt

Ω   α   β

Das Omegaverse ist ein spezielles Setting,
das seinen Ursprung in der Fanfiction-Szene hat. Neben
der Unterscheidung zwischen Männern und Frauen existiert
ein zweiter Geschlechtstyp, der die Menschen in Alphas, Betas
und Omegas einteilt. In dieser Welt sind sowohl weibliche
als auch männliche Ωs in der Lage, schwanger zu werden.
Des Weiteren können Ωs mit einem festen α-Partner eine
»Paarbindung« eingehen, wodurch die Brunst der Ωs
nur noch auf diesen einen Partner wirkt.

(Je nach Werk gibt es kleinere Unterschiede.)

Glossar

[Der zweite Geschlechtstyp]

Neben der Unterscheidung zwischen Männern und Frauen gibt es einen
zweiten Geschlechtstyp, der die drei Geschlechter α, β und Ω umfasst.

[α (Alpha)]

Stehen an der Spitze der Gesellschaft und besitzen hohe körperliche
sowie intellektuelle Kompetenzen.

[β (Beta)]

Bilden die Mittelschicht und machen den größten Teil der Bevölkerung aus.

[Ω (Omega)]

Werden brünstig und sind in der Lage, schwanger zu werden. Leiden unter
Diskriminierung und haben es schwer, gesellschaftlich hohe Positionen zu erreichen.

[Paarbindung]

Eine besondere Verbindung, die ausschließlich zwischen einem α und einem Ω
zustande kommen kann. Sobald ein Paar die Bindung eingegangen ist, wirkt sich die
Brunst nur noch auf den eigenen Partner aus. Die Verbindung entsteht, indem der α
den Ω in den Nacken beißt. Darüber hinaus gibt es sogenannte »Schicksals-« oder
»Seelenpartner«, zwischen denen diese Verbindung besonders stark ausgeprägt ist.
Wurde die Paarbindung einmal eingegangen, besteht sie ein Leben lang.

[Die Brunst]

Auch »Heat« genannt. Eine mal regelmäßig, mal unregelmäßig auftretende
Phase, in der Ωs empfängnisbereit sind. In dieser Phase geben sie Pheromone
ab, mit denen sie bei αs und βs den Sexualtrieb anregen. Hält mehrere Tage an.
(Individuelle Abweichungen möglich.)

[Pheromon-Hemmer]

Ein Medikament, das die Brunst unterdrückt. Je stärker die Wirkung des
Mittels, desto wahrscheinlicher ist das Auftreten von Nebenwirkungen.

1. Kapitel

Damals waren wir Kinder...

... und verstanden die Bedeutung des Wortes »Schicksal« noch nicht.

Warum konnten wir uns nicht erst deutlich später oder gleich viel früher begegnen?

Heute ist das...

...eine weit...

...sehr weit zurückliegende Erinnerung.

Probieren Sie unser All-you-can-drink-Angebot!

サザワ
TRUBEL

サザワ...
TRUBEL

Herzlichen Glückwunsch zur Beförderung von der Aushilfe zur Festanstellung!

Azuma!

Schicksalhaft...?

Das klingt so bedeutungsvoll...

Welches Sternzeichen bist du, Azuma?

Das taucht immer wieder in den Trends auf...

Na ja...

Du liest Horoskope?

Ich bin Fische.

Danke für Ihre Geduld!

Mehr nicht?

»Heute erwartet dich eine schicksalhafte Begegnung.«

Okay, ich schau mal nach.

Ähm...

Kurz und knackig kommt besser an.

Oh, das klingt ja vielversprechend!

Hopp-la...

RU-TSCH

Ach so...

Ich bin übrigens Widder.

Jetzt ist es auf einmal total unkonkret?!

»Dir könnte am Jahresende eine Erkältung drohen.«

Mal sehen ...

... waren die Wege glatt vom Schnee.

An diesem Tag...

Hahaha!

10

RUTSCH

!

KLONK

KLONK

KLONK...

BIBBER

Ein Engel...?

Ähm...

Hast du dich verletzt?

KLONK...

Autsch...

wah!

DADADADADADA...

BAMM

Das war...

Hä...?

... meine erste Begegnung mit Mahoro.

Der Knöchel ist wahrscheinlich verstaucht.

Falls er stark anschwillt, solltest du ins Krankenhaus gehen.

Ja...

!

Tut es hier weh?

...

Ich hab mich wohl verguckt, weil er so weit weg war.

Ich hab nur meine ganze Schulzeit lang Sport gemacht.

Nein, nein.

Danke für den Taschenwärmer.

Bist du Arzt?

Du machst das echt routiniert.

Wieso ist er so leicht angezogen?

Man kann durch den Stoff durchsehen...

Er ist doch ein Mann, oder?

Und irgendwie...

Das sind künstliche Flügel.

... falls er gebrochen sein sollte?

Wie teuer wird es wohl...

Dabei sind erst neulich mein gesamtes Hab und Gut...

... und 3 Millionen Yen* bei einem Feuer verbrannt.

Drei...?!

Ständig komme ich vom Regen in die Traufe...

Mir reicht's...

* entspricht ca. 21.600 €

16

FLAPP

Ha-ha-ha-ha-ha!

Das ist nicht gerade ein überzeugendes Argument.

Du bist lustig.

Heute habe ich schon Feierabend...

Na dann...

Verstehe. Du bist also noch Jungfrau.

Hä...?

... aber komm doch demnächst mal vorbei!

Dann nehme ich dir deine Unschuld!

Mahoro

Mahoro ist sehr gefragt. Sie haben wirklich Glück.

Bitte warten Sie hier einen Moment.

Äh...

Aha?

Da bin ich, ohne mir was dabei zu denken, dran vorbeigegangen?

So ein Laden ...

... befindet sich in diesem Gebäude?

...

Zusatzoptionen

* Cosplay
* Fotos
* Strümpfe zerreißen
* Getragene Unterwäsche [...]halten

* Gem[...]es Bad
* Vibrator
* Face Fucking
* Gruppensex
* Anpinkeln, Urin trinken

BAMM

Ist das hier typisch fürs Sexgewerbe?

Die Einrichtung schreit geradezu danach...

20

... bin auch schon ganz feucht.

Ich...

Er ist so groß. Toll.

Hihi.

Da unten freut sich jemand.

KICHER KICHER

Wie lange willst du dir noch die Augen zuhalten?

Ah...

Das ist...

Doch ... Das hab ich nur nicht erwartet...

Magst du das nicht? Hm?

Ah... Du küsst mich ...?

!

Also...

Hah...

... übe schön fleißig, ja?

Ich küsse gerne.

Die Lippen sind schließlich auch eine erogene Zone.

Hah...

Hah...

!

Mh...

Huff ...

FLUTSCH

Uh...

26

Mh!

FLUPP

FLUPP

Ah...

FLUTSCH

Ah!

Wahn-
sinn...!

Er ist so
feucht...

BATSCH

BATSCH

Ah!

Hah...

GLEIT

ZUZU

Das
ist...

GUTSCH

Hah!

Hah!

... echt
Wahn-
sinn!

Angh...

TSCHUPP

ZO

Ah!

Haah...

So
groß...!

BEB

TRUBEL

TRUBEL

FJUU...

Ich habe ihn...

... mir mein erstes Mal nehmen lassen ...

... be-
stimmt
ein Ω...

Er
ist...

Oder
wollte ich
nur die
Leere der
Einsamkeit
mit etwas
füllen?

Ich
bin...

... ganz
sicher
nicht
verliebt.

... dass
einen die
Dinge, die
man verges-
sen möchte,
gerade
dann nicht
loslassen?

Liegt
es da-
ran...

Mich
geht das
nichts
an...

... erlag ich der Versuchung wieder...

Von da an...

... und suchte Mahoro erneut auf.

Schönen Feierabend!

Uh...

Draußen ist es kalt, oder?

Komm schnell rein!

Heute trägst du ein chinesisches Kleid?

Willkommen daheim!

Ich mach nur Spaß!

33

... darf ich hier wohnen, bis ich was Neues gefunden habe.

Ach so?

Ehrlich gesagt...

Sag mal...

Ist das hier eins dieser sogenannten Themenbordelle?

↑ Hat recherchiert.

Das ist anders eingerichtet als das von neulich...

Dann hat sein Chef wohl großes Vertrauen in ihn.

Ah.

Okay.

Du kannst dann vom Empfang direkt hierherkommen.

Ich bin also auf jeden Fall hier, wenn du mich gebucht hast.

Nein. Die Zimmer hat der Besitzer nach seinen Vorlieben eingerichtet.

Ach, das war gelogen.

Aber übertreib es nicht.

SCHWUPP

Ich freue mich, dass du da bist.

Uh...

Ja.

Ist schließlich ein teurer Spaß.

34

36

TSCHILP
TSCHILP

TRÄUM

... aber ich hab keine Lust.

Die Wäsche stapelt sich und ich würde gerne aufräumen...

Die Sonne lacht...

Ich hab frei und nichts vor...

Vielleicht sollte ich das bei der Auswahl berücksichtigen.

Worum geht es?

Auf dieser Job-suche-Webseite gibt es ein Horoskop.

GURGEL, GURGEL.

Diese knapp gehaltenen Horoskope...

... sind ganz schön verbreitet...

»Entscheide dich für eine Option, die du für unmöglich hältst.«

Echt?

Dann kann ich auch die Detektei um Ratenzahlung bitten und sie beauftragen.

So, wie es aktuell läuft, bekomme ich nicht mal eine Kreditkarte.

Darum wollte ich mir eine normale Arbeit suchen.

Mahoro.

Du suchst einen Job?

Ja.

Meine 3 Millionen sind doch verbrannt.

40

42

44

KLAMMER

Ich weiß ja, dass niemand etwas dafür kann.

Trotzdem wurde es für mich in meiner Heimat unerträglich.

... werde ich mich nie wieder in einen Ω verlieben!«...

... oder ...

Ich dachte Dinge wie: »Wenn sie einem so einfach geraubt werden können...

Ich konnte nichts ausrichten.

... und wollte alles vergessen.

Ich ging auf Abstand ...

Es tut mir leid!

PAWAB

»Mein Leben ist gelaufen...«

»Warum immer ich?«

Aber ...

... am meisten...

... dafür, dass ich so denke, hasse ich mich selbst...

Dass ich dir so was erzähle...

Ich bin einfach furchtbar peinlich...

Total viele Kunden, die ins Bordell kommen, erzählen mir ihre Lebensgeschichte. *Bin dran gewöhnt.*

Ach, mach dir nichts draus!

... blieb aber sein Leben lang ledig.

Er hatte viele Liebschaften...

Weißt du...

... ich lese ja gerne Bücher.

Du kennst bestimmt Hans Christian Andersen.

Ich denke, dass er ein leidenschaftliches und vergnügtes Leben führte.

... aber daraus sind jedes Mal neue Werke entstanden.

Er litt oft unter seiner unglücklichen Liebe...

Ich denke nicht, dass er mit dem, was er hatte, unzufrieden war.

Also sag nicht, dass dein Leben gelaufen sei!

Verstehst du?

Damit will ich sagen...

... dass deine Liebe ganz bestimmt nicht sinnlos war, Azuma.

...

... dass ich dir so einen neunmalklugen Rat gebe?

Aber...

... vielleicht nervt es dich ja auch...

SCHNIEF

Überhaupt nicht!

Anschlie-
ßend
hat sich
Mahoro...

... meine
Ge-
schichte
ange-
hört...

... bis die
gebuch-
te Zeit
abgelaufen
war.

... und davon,
dass ich
eigentlich
Sportmedi-
ziner werden
wollte...

... von
meiner
Heimat,
von meiner
Zeit in
Tokyo...

Ich er-
zählte
ihm...

Aber
du bist
erst 18,
Azuma.

Hm...

Ich habe
weder genug
Grips noch
Geld, um an die
medizinische
Fakultät zu
kommen.

Und
das
geht
jetzt
nicht
mehr?

Wie ich eben schon sagte, kann mir die Liebe vorerst gestohlen bleiben...

Ich mag das nur für mich tun...

Wieso ...?

Na ja...

... aber ich möchte dir helfen, diesen Menschen wiederzusehen. Wenn ich das geschafft habe...

... kann ich bestimmt wieder nach vorn blicken.

In diesem Moment...

...

»Entscheide dich für eine Option, die du für unmöglich hältst.«...

... hieß es?

52

Mh...

Ich bin wach!

BOFF

...

Ich hasse Face Fucking.

Hust

Ach ja?

Heute ist wenig Kundschaft, was?

Du hast noch nicht mal gesucht, oder?

Uh...

Der Chef...

... war besorgt und hat gefragt, ob du schon eine Wohnung gefunden hast.

scharfsinnig

Der letzte Kunde hat ihm wohl zugesetzt.

KLONK

Würdest du mir das Skizzenheft zeigen...

... von dem du mir neulich erzählt hast?

Ich komme gleich zur Sache.

Ah!

Ach!

Ähm...

Stimmt ja...

Willst du nicht duschen?

Hä...?

Ich nehme es kurz.

Bitte.

WISCH

Er ist wirklich gut...

Mir war langweilig...

Er hat wirklich Talent...

Das hat er in dem Alter...?

Damals war mein Vater wegen der Arbeit in Tokyo und ich habe ihn begleitet.

Wie alt war dieser Ren...

... als ihr euch begegnet seid?

Hm... Er war so...

... in der fünften oder sechsten Klasse.

FLAPP

... und ich bin zum Spielen alleine zum nahe gelegenen Park gegangen.

FWAAH

Im Schatten der Bäume...

... hat er die Rutsche gezeichnet.

Eine Zeit lang schauten wir uns nur an.

Er hatte mich ebenfalls bemerkt.

Aber es ist nichts passiert. Wahrscheinlich, weil wir zu diesem Zeitpunkt noch nicht in der Pubertät waren.

Ich habe erst sehr viel später erfahren, dass es so etwas wie Schicksalspartner überhaupt gibt.

Ich bekam Herzklopfen...

Ich musste ihn nur ansehen und schon wurde mir ganz warm im Bauch.

Doch schon damals schien die Zeit in seiner Nähe anders zu verstreichen.

Hm...

Ist das so unter Brüdern?

An dem Tag, als sie zu Besuch war, ging es ihr auf einmal nicht gut...

... und sie ging gleich wieder nach Hause.

Ähm...

Darüber haben wir nicht wirklich geredet...

Azuma, wie war es denn...

... bei deinem Bruder?

Sag mal...

Dieses letzte, unfertige Bild hier...

PALIM

Beneidenswert...

... gehe ich mal.

Was?

Dann...

Ist es schon so spät?

Huch?

PATAMM

Ich komme bald wieder.

Morgen hab ich die Frühschicht.

Willst du nicht verlängern?

Du gehst schon?

KLATTER

KRI NTZ

Weg ist er...

Was malst du da?

SCHAAA

Wo wohnst du?

Die lagen auf der Straße neben dem Haus, in dem ich zurzeit wohne.

Deckel von Milchflaschen.

Ganz in der Nähe.

Aber... Ich weiß nicht, wie lange ich hier bleiben kann.

Was ist das?

Ach so...?

FLAPP

J...

Ja.

POCH

POCH

Darf ich dich zeichnen?

KRZ

KRZ

TAPP

Oh.

Papa!

Du darfst doch nicht alleine rausgehen!

Ich dachte, mir bleibt das Herz stehen!

Du, sag mal...

Ko!

... und doch...

... kann ich mich kaum noch an sein Gesicht erin- nern...

Er bedeutet mir so viel...

Hust

Wah!

Ich mache mir Sorgen.

Maho-ro...

... du ziehst dich nie warm genug an.

... du bist so warm. Das mag ich.

Azu-ma...

Komm schon... Lass uns vögeln!

Meine Güte...

Er steht ja wie eine Eins.

...

Dann müsste ich erst noch du-schen. Das kostet zu viel Zeit.

Nein...

BRÜLL

So fängt Nachlässigkeit an!

Dann lass uns unter die Dusche gehen!

Typisch Sportler.

PACK

Wenigstens ein Handjob ist...

Och! Macht doch nichts!

Auf keinen Fall!!!

... uns unterhalten haben ...

Er überlegt es sich. Immerhin in dem Punkt ist er ehrlich.

Nein...

Erst wenn wir...

Vielleicht ist das sein Kink?

So wie ein Hinhalte-Rollenspiel?

Dabei ist er noch so jung...

Oh...

Aber am Ende haben wir uns nur unterhalten und er ist gegangen, ohne dass wir Sex hatten.

Ist doch toll! So kannst du mal entspannen!

Hm... Tja, so was kann vorkommen.

Worüber unterhaltet ihr euch denn so ausgiebig?

Ach, dies und das...

Du bist zu gewissenhaft.

Aber so hab ich nicht das Gefühl, ich hätte gearbeitet...

Auch wenn ich das nicht ausschließen kann...

Auf meinen Körper hat er es wohl nicht abgesehen...

Ich frage mich, wieso Azuma mir helfen will.

Warum habe ich nur auf das Horoskop gehört?

Hm...

Wahrscheinlich ist er auch noch nicht...

...über seine erste Liebe hinweg.

Ich war zwar wirklich ungeduldig, aber...

Dabei gefällt mir...

... der Sex mit Azuma echt gut.

Es müsste bald wieder so weit sein...

STREICHEL

Schon wieder ist ein Monat fast vorbei...

60 Minuten sind echt wenig...

...

Hach...

Wenn wir uns unterhalten, sind sie im Nu vorbei...

Ren...

»Das Haus, in dem ich zurzeit wohne« würde man sonst nicht sagen.

Mahoros Geschichte zufolge hat er wahrscheinlich nicht lange an einem Ort gelebt.

Aber sicher!

Zeigen Sie mir, wie das hier funktioniert?

Ich werde noch mehr Schichten arbeiten...

...damit ich Mahoro besuchen kann...

Junger Mann!

Aber bei seinem Zeichentalent...

Ge-nau. Damit möchte ich etwas recherchieren.

Ein Tablet?

Was hast du da?

Ja, das dachte ich auch.

Heute trägst du mal mehr Stoff!

ERLEICHTERT

Erinnerst du dich an den Namen des Parks, in dem du ihm begegnet bist?

Diese Landschaftsbilder hier...

Ich halte es für wahrscheinlich, dass er auf den letzten Seiten seine Nachbarschaft gezeichnet hat.

Nishi...

...iha-shi...

TACK

TACK

Nishi-ihashi-Park.

Ich glaube, er heißt...

Ähm...

Ich war einmal dort, nachdem ich hergezogen bin.

ZAPP

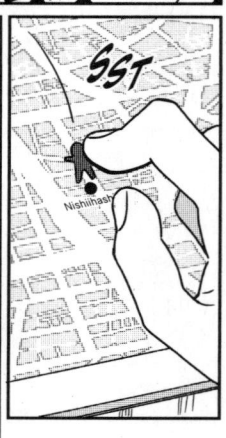

SST

Nishiihashi

So was geht?!

WISCH

Damit kann man die Straßen so sehen, wie sie wirklich aussehen.

Als würde man vorbeispazieren.

Das nennt sich Street View.

Was ist das?

Ah! Das ist sie!

Wahnsinn!

ZAPP

Dein Vater hat zeitweise in der Papiermanufaktur Kunimi gearbeitet, richtig?

Heute haben wir 120 Minuten...

... also lass uns gründlich suchen, ja?

Wenn wir uns dort in der Nähe umsehen...

... finden wir bestimmt die Orte, die er gezeichnet hat.

Da...

Das klingt logisch!

Vielleicht ist in der Nähe ja eine Grundschule!

Er sagte, die lagen in der Nähe seines Hauses auf der Straße!

Hier ist offenbar eine!

Eine Grundschule...

Dann muss dieses Haus...

Das Steinpflaster!

Hm? Dieser Weg...

Von dort aus...

Azuma!

Das hat eine gewisse Ähnlichkeit.

WISCH

Vielleicht kann ich ihn wirklich wiederse-hen...
...
PALIM
Ein Glück!
Wir haben es gerade noch rechtzeitig gefunden.
...
Azu-ma.
Kommst du wie-der?
Ja.
Ähm ... Also ...
Hä? Ah...
Ich werde nicht abschlie-ßen.
Du kannst einfach rein-kom-men.
Hä?
Wenn du magst, wollen wir dann zu-sammen...
Dann komm bit-te nächste Woche.

... besuchte ich ihn im üblichen Zimmer...

Genau wie er wollte...

Aber komm schon fertig geduscht, ja?

Mahoro?

TAPP

TAPP

TAPP

... je- doch ...

... war irgend- etwas anders als sonst.

Azuma.

FWAAH ...

Bist du etwa in der Brunst ...?

KNARR

FWOMP

Maho-ro...

...

GLÜH

KNARR

Azuma
...?

...

Das
werde
ich
nicht
...

Ich bin
schließlich
kein wildes
Tier...

Wenn
ich mit
dir...

...
dann
will
ich es
anstän-
dig...

... tun...

...
schlafe,
dann
...

Ich weiß nicht, wie oft wir es getan haben.

ZUCK

ZUCK

ZUCK

Aaaah!

Ich komme!

Ah!

STOSS

KNEIF

Hah!

Genau da!

Ah!

Ah!

Das ist gut!

STOSS

... und spritzte sich einen Pheromon-Hemmer.

... meinte Mahoro: »Ich habe Hunger. Lass uns draußen was essen.«...

Als wir uns beide ein wenig beruhigt hatten...

Ich möchte von dem Geburtstagsrabatt Gebrauch machen.

Wir schenken Ihnen Rabatt in Ihrem Geburtstagsmonat. Bei Vorlage Ihres Ausweises erhalten Sie 20 % Nachlass.

Ah.

Takoyaki

Mit Zwiebeln

Takoyaki

Auch nachts geöffnet

Dann lade ich dich ein.

Eigentlich wollte ich dir auch die Gebühr für heute zurückgeben.

Letzte Woche.

Hm?

Du hast diesen Monat Geburtstag, Azuma?

Das kann ich nicht annehmen.

Aber jetzt hast du verlängert...

Auf diese Weise wollte ich mich bedanken!

Nee.

Arbeitest du immer, während du in der Brunst bist?

Für gewöhnlich nehme ich mir dann frei.

Das ist schließlich gefähr- lich...

... möchte nicht, dass du dich auf diese Weise bei mir be- dankst.

Ich...

Aber ...

... es ist nicht das erste Mal, oder?

Tja, das stimmt.

Aber...

... zu diesem Zeitpunkt dachte ich, dass ihn das bestimmt...

Ich hoffe ...

... er fragt mich nicht, worauf ich sonst aus bin...

Das hat zum ersten Mal jemand zu mir gesagt.

... nicht so sehr kümmert, als dass er nachfragen würde.

... und außerdem bin ich nicht darauf aus...

99

Wahrscheinlich...

... stumpfe ich mit der Zeit ab...

... je mehr ich mich an diesen Ort gewöhne.

... für das, was ich heute getan habe...

... schäme ich mich ein wenig...

Dann bist du jetzt 19?

Also gut!

... egal, wie unsere Lebensumstände dann aussehen!

Nächstes Jahr feiere ich wieder mit dir Geburtstag...

Ich liebe Takoyaki! Das würde mich sehr glücklich machen!

Wi...

Wirklich?!

Reichen dir Takoyaki*?

Versprochen!

2. Kapitel / Ende

* Oktopusbällchen

Wenn wir hier abbiegen, müsste es am Ende der Straße sein, oder?

Ich bin nervös...

Mahoro?

Ja...

Ich hoffe, wir können ihnen ein paar Fragen stellen und erfahren zumindest etwas über ihn.

Rens Ausdrucksweise nach zu urteilen...

... scheint das aber nicht sein Elternhaus zu sein.

... steht auf dem Namensschild »Iwasaki«.

Den Bildern auf Street View zufolge...

Und...

... wo sind die Iwasakis jetzt?

Dann war er von heute auf morgen weg.

... aber er hat immer gegrüßt, wenn sich unsere Blicke trafen.

Er wirkte ein biss-chen son-derbar...

Er saß oft dort drüben und hat ge-zeichnet. Auch meine Blumen.

Tja...

Vielleicht sind sie in ihre Heimat zurückge-zogen?

Sie waren kurz vorm Rentenal-ter.

... war das hier das Letzte...

Von den Gebäuden, die er ge-zeichnet hat...

Nicht mal das Haus steht mehr...

...

Heute werden wir wohl nichts mehr rausfinden.

Und wir haben kaum Anhaltspunkte gefunden...

Lass uns noch etwas unternehmen...

... das man bei einem Date üblicherweise so macht.

Irgendwie...

... ist mir nicht danach, jetzt schon nach Hause zu gehen.

Hör mal...

Darüber hab ich gar nicht nachgedacht.

Natürlich sind die Leute erst mal misstrauisch, wenn sie so mit Fragen gelöchert werden.

Ohne dich hätte ich diesen Ort nie gefunden!

Und vorhin hast du echt schnell geschaltet.

Blödsinn!

... war ich keine große Hilfe...

Irgendwie...

Als ich frisch nach Tokyo gezogen war und diverse Detekteien abklapperte...

... hab ich ihnen naiv, wie ich war, meine komplette Geschichte erzählt.

Wahrscheinlich... Nein, es hat mir eindeutig niemand geglaubt.

Schon allein, dass du bei mir warst, hat mir unheimlich Mut gemacht.

... wem Sie erzählen, dass Sie ein Ω sind!«

Einige haben mich sogar belehrt: »Sie sollten vorsichtig sein...

Das auch, aber nicht nur...

Weil du selbst so jemanden kennst?

Azuma, wieso glaubst du mir, dass er mein Schicksalspartner ist?

... und habe von da an kaum noch jemandem davon erzählt.

Da ist mir klar geworden, dass es selbst in Tokyo immer noch Leute mit angestaubten Ansichten gibt...

Aber als ich sah, was Yugo deswegen durchmachte...

... dann konnte ich mir nicht vorstellen, dass es Leute gibt, die diesbezüglich lügen...

Du meinst diese Pro- und-Contra-Sendungen, ja?

Wo ausgiebig diskutiert wird.

Ob es wahr ist oder nicht.

Im Fernsehen wird diese Debatte ja auch immer wieder aufgegriffen.

... also wird es bestimmt wahr sein, dachte ich mir.

Klar mag es Fälle geben, wo es nur inszeniert war.

Wenn es Leute gibt, die vehement darauf beharren, dass es Schicksalspartner gibt...

... dann muss doch was dran sein?

118

Die Kirschblüten…

Ich hoffe, sie werden nicht alle runtergeweht.

Plötzlich kommen Sturzbäche runter!

Wow!

Ob der Regen bald weiterzieht?

… muss ja irgendwie weitergehen, also dachte ich mir…

… aber mein Leben…

… ich mache das Beste daraus und verkaufe sie.

Sonst habe ich Geschenke immer meiner Familie geschickt …

… hat mir ein Kunde an dem Tag geschenkt, als das Feuer ausbrach.

Die hier…

WUHL

Mit dem Geld will ich eine Detektei beauftragen.

Und meinen aktuellen Job...

... werde ich lieber kündigen.

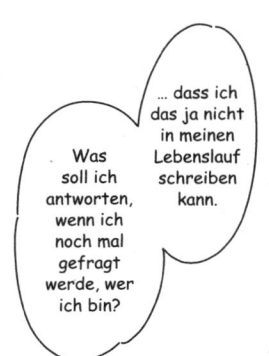

Was soll ich antworten, wenn ich noch mal gefragt werde, wer ich bin?

... dass ich das ja nicht in meinen Lebenslauf schreiben kann.

Aber vorhin wurde mir wieder bewusst ...

Die Arbeit fiel mir leicht.

Ich denke, sie liegt mir einfach.

ZITTER

Egal was für eine.

Ich möchte mir eine vertrau- enerwecken- de Arbeit suchen.

Ich könnte ja wieder in die gleiche Situation kommen.

Wenn Mahoro seinen Job kün- digt...

... heißt das...

Ah...

Dann darf ich...

Und
...

... meine
Hilfe wird
er dann
auch nicht
mehr...

... ihn
nicht mehr
berühren...

...

Und
ich weiß ja
gar nicht,
wie weit ich
bei meiner
Suche
komme.

Ich
möchte,
dass du
mir noch
eine Weile
hilfst.

Heute
hast du
immer
noch...

... das
Date-
Programm
gebucht!

Okay?

Hah...

Küss
mich...!

Hach...

...

PATAMM

... kann ich weiterhin bei ihm sein.

Das freute...

Dank Mahoros Vorschlag, dass wir Freunde werden sollten...

KNARR

... und quälte mich zugleich.

Doch ...

... Mahoros ganze Liebe gilt nur Ren.

Ich realisierte bereits, welches Gefühl dahintersteckt.

Ich werde nichts unversucht lassen, um dich zu finden.

Bitte warte noch ein bisschen auf mich...

Ren... Wo bist du?

Es wird langsam Zeit!

Dein letzter Kunde kommt gleich.

Nein...

... noch nicht.

Als du hier angefangen hast, sprachst du...

... von jemandem, den du suchst. Hast du ihn gefunden?

Nanu?

Ich dachte, du hast heute frei?

Ich wollte dich wenigstens noch ein letztes Mal sehen.

Ist das...

... dieser junge Bursche namens Azuma?

Aber ich habe jetzt einen Freund, der mir bei der Suche hilft.

Er ist sozusagen mein Kamerad.

Er war auch neulich da, als ich in der Brunst war. Erinnerst du dich?

Seit er herkommt, hat sich deine Ausstrahlung irgendwie verändert.

Woher ...?

Ach, verstehe.

Ich hatte mich schon gewundert, weil er nicht so wirkt, als würde er solche Wünsche äußern.

Willkommen.

Das hatte ich so eingefädelt.

Er wusste nichts davon.

Ja.

Das ist er.

Der Bursche ...

... scheint ein guter Kerl zu sein.

So gut, dass ich mir Sorgen um ihn mache...

In dem Moment...

... dass er wenigstens als Freund...

... habe ich mir ge- wünscht...

... noch länger bei mir bleibt.

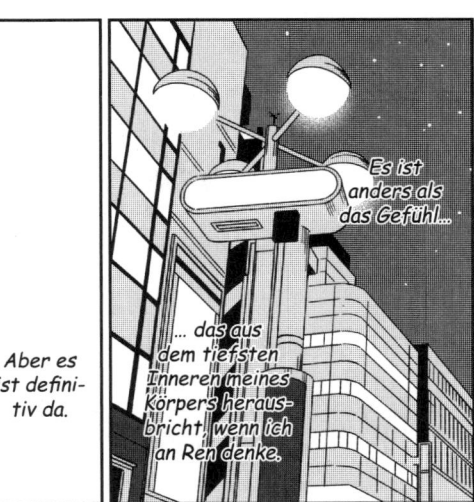

... und wollte erwachsen werden.

Er wurde verletzt, hat seine Liebe auf-gegeben...

Das führte dazu, dass er das Kind in sich nicht akzeptieren kann.

Es ist anders als das Gefühl...

... das aus dem tiefsten Inneren meines Körpers heraus-bricht, wenn ich an Ren denke.

Aber es ist definitiv da.

Ist es in Ordnung...

... wenn wir so weiter-machen wie bisher?

Na los!

Geh schon!

Ja!

KLONK

KLONK

Das, was ich für Azuma empfinde...

Was für ein Gefühl mag das sein...?

3. Kapitel / Ende

City Lights Birthday

City Lights Birthday

4. Kapitel

Bin schon satt.

Die habe ich nicht mehr geschafft. Möchtest du?

Ah.

Ja.

Du lernst gerade?

Hallo!

Darf ich echt?

Seitdem sind einige Monate vergangen...

... und es hat sich viel getan!

Das ist ein überraschend cooler Name!

So kamst du also auf Mahoro!

Jetzt versteh ich!

... ergeben kombiniert das Zeichen »horo«...

Das »Ma« bleibt so, und »haba« und »Ko«...

Lebenslauf

Name

Kotaro Mahaba

Zunächst hat Mahoro die Arbeit im Sexgewerbe an den Nagel gehängt.

Ich bin fix und alle...

Unsere Treffen bei Nacht kamen mir wie ein Traum vor.

Tagsüber wirkte Mahoro wie jeder andere Mann auch.

Fürs Erste hat er verschiedene Zeitarbeits- und Teilzeitjobs angenommen, um mehr Erfahrungen zu sammeln.

Zum Beispiel in Callcentern, wo er sich die Sorgen oder Beschwerden der Leute anhören musste...

... oder als Rezeptionist in einer Arztpraxis.

Mhm. Mhm.

... waren wir nur noch »Freunde«.

Denn von diesem Tag an...

Untersuchungsbericht Detektei

... was Ren betrifft...

Und...

Nachdem er ins Heim kam, nahmen ihn seine entfernten Verwandten, die Iwasakis, zu sich.

Mit zehn Jahren verlor er den Vater, der ihn zur Welt brachte.

Er war ein uneheliches Kind.

... und führte sein Leben von da an unter dem Namen Ren Mochizuki.

Eine Weile später wurde er von der Familie Mochizuki aufgenommen...

Es ist anzunehmen, dass der stellvertretende Direktor, der Ren bei sich aufnahm, sein Erzeuger ist.

Den Mochizukis gehört offenbar ein Großunternehmen, das einst ein mächtiger Familienkonzern war.

Als »Mochizuki Financials« befindet es sich auch heute noch unter der Leitung dieser Familie.

Aber ...

An dem Punkt waren dann auch Mahoros Ersparnisse aufgebraucht...

... sodass es sich schwierig gestaltete, die Detektei für weitere Nachforschungen zu beauftragen.

... einige Zeit später verliert sich Rens Spur erneut.

Das war vor circa sieben Jahren, als er etwa 19 Jahre alt war. Zu dieser Zeit besuchte er die Universität und sammelte nebenbei erste Erfahrungen im Management der Firma.

Doch dann wurde sein Name aus dem Familienregister der Mochizukis gestrichen.

Seitdem ist er wie vom Erdboden verschluckt.

Zur oralen Einnahme

1

... um seinen Lebensunterhalt zu bestreiten.

Die sind jedoch teuer, und so arbeitete Mahoro hart...

... dass Mahoro auf Pheromon-Hemmer mit weniger Nebenwirkungen umgestiegen ist, um auch während seiner Brunst arbeiten zu können.

Der Grund dafür war...

144

Von da an machten wir uns wieder zu zweit auf die Suche nach Ren.

... konnten aber immer noch keinen Kontakt zu ihnen herstellen.

Als Erstes versuchten wir es natürlich bei den Mochizukis...

Wir besuchten seine Bekannten aus der Mittel- und Oberstufe...

... die dazu bereit waren, mit uns zu reden.

Diesmal haben wir ihnen die Situation richtig erklärt.

»Das Ranking der begabtesten Zeichner«.

Da!

Dadurch bekamen wir einen Eindruck davon, was für ein Mensch Ren ist.

In der Achten waren wir in derselben Klasse.

Ich habe mich aber so gut wie nie alleine mit ihm unterhalten.

Damit schien er sich aber überhaupt nicht auszukennen.

... darum wurde er oft angesprochen und gefragt, ob er nicht mal diese oder jene Anime-Figur zeichnen könnte.

Er konnte ja gut zeichnen...

Eine Freundin hatte er aber nie.

Er war sehr still. Es gab ziemlich viele Mädchen, die insgeheim für ihn schwärmten.

Nicht nur das...

Kunst-AG

Er wirkte irgendwie wie jemand aus einer anderen Welt.

Das ging die ganze Zeit so. Darum weiß ich nicht mal, ob er überhaupt enge Freunde hatte.

Da blieb sicher keine Zeit, um sich Anime anzuschauen.

Er bekam wohl noch Unterricht von Privatlehrern und hatte viel zu tun.

Wenn keine Kunst-AG stattfand, ging er nach dem Unterricht direkt nach Hause.

Ich glaube, der stach nicht besonders hervor.

Mochi-zuki...

An unserer Oberschule waren die Klassen nach Leistungen getrennt, weil der Unterricht auf die Uni vorbereiten sollte.

Da kommen zwangsläufig mehrere αs zusammen.

Sie sind schließlich alle herausragend.

Viele stammten auch aus gutem Hause.

Im Vergleich mit den anderen wirkte er eher zerbrechlich.

Da dachte ich, »Solche wie ihn gibt es also auch«.

Beim Morgenappell wurde er oft für seine Leistungen in der Kunst-AG gelobt.

Soll ich mich mal umhören, ob er jemandem aus der AG nahestand?

Das wäre sehr nett!

RASSEL

In der Zwischenzeit begann ich einen Kurs, um die Trainer-Qualifikation zu erwerben.

Das waren nur ein paar Gespräche von vielen.

Trotzdem half ich weiter bei den Befragungen.

... sollte sein Schwindel auffliegen.

... dass er nicht möchte, dass Rens Ruf darunter leidet...

... liegt bestimmt daran...

Dass er es vermeidet zu lügen...

Ach...

Was ist los?

... wie erstaunlich das Schicksal ist ...

... die Verbindung, die ihr zueinander habt...

... wie du dich für Ren ins Zeug legst, kommt mir der Gedanke...

Wenn ich sehe...

...

Er arbeitet an einem Literatur-magazin, glaube ich.

Herr Tsujita-ni heißt er.

Die Visitenkarte von neulich.

2. Geschäftsbereich
Paprika-Redaktion
Masa Tsujitani

Shueisha

Ah.

Lass uns langsam gehen.

Um 14 Uhr vor dem Firmen-gebäude von Shueisha.

Ähm, der Treff-punkt ist...

Oh! Ja, es wird Zeit.

TOCK TOCK

Jetzt auf einmal achtest du darauf?!

Stimmt ja!

Ah!

Kotaro!

Heute dürfen wir unsere Erwartun-gen ruhig höher-schrauben!

Maho...

Er war wie Ren in der Kunst-AG!

KLATTER

Macht nichts. Nenn mich ruhig, wie du willst.

Tut mir leid...

Das steckt so drin.

Ich kann mich noch nicht daran gewöhnen.

150

Kein Problem. Ich freue mich, dass Sie es möglich gemacht haben.

Danke, dass Sie sich heute Zeit für uns genommen haben.

Guten Tag! Ich heiße Mahaba.

Gern. Danke, dass Sie extra zur Firma gekommen sind.

Das wird er bestimmt sein.

Ah, nichts.

Da drüben ist ein Café. Wollen wir dorthin gehen?

Sie sind doch...

Ja?

... dass er es in der Kunstwelt an die Spitze schaffen kann, wenn er so weitermacht.

Wir waren uns damals alle einig...

Tja, Mochizuki...

Er war wirklich begabt.

Für mich war es ja nur ein Hobby.

Seine Bilder übermalte er jedes Mal wieder.

Er selbst wahrscheinlich auch.

Allerdings sind wir davon ausgegangen, dass er die Firma seiner Familie übernehmen würde.

Ja!

Ich bitte darum!

Ich bin aber sicher, dass noch ein paar erhalten sind.

Soll ich mal bei der Schule anfragen, ob sie mir die Bilder überlassen würden?

Also beschloss ich, mich mit ihm nur über Bilder und Kunst zu unterhalten.

Aber alle waren so streng mit ihm ...

Wenn man ihm beim Malen zusah...

... war klar, dass er gerne bei der Malerei geblieben wäre, wenn er die Möglichkeit gehabt hätte.

»... aber ich denke, das ist schon okay so.«

»Tsujitani. Ich kann der Malerei zwar nicht weiter nachgehen...«

... und erzählte mir kurz vor meinem Abschluss Folgendes:

Er fasste wohl ein bisschen Vertrauen...

»Ich möchte meiner Familie ...

... etwas beweisen.«

... dass wir im Leben automatisch auf der Gewinnerseite stehen würden, nur weil wir als αs geboren wurden.

Die Leute neigen dazu, zu glauben ...

Ich frage mich, wogegen er angekämpft hat.

»Nämlich...

... dass ich ein herausragender Mensch bin.«

... schien nicht sehr glücklich zu sein.

Er zumindest...

Wir haben heute viele wertvolle Informationen erhalten.

Ja.

Von Mahoro hat er wohl wirklich niemandem erzählt.

Ja...

... hat es im Leben offenbar nicht leicht.

Ren...

DANG—DANG—DANG

... gut nachvollziehen.

... das kann ich...

Was Herr Tsujitani gesagt hat...

... dass ich in eine Familie mit den für mich denkbar schlechtesten Voraussetzungen geboren wurde.

Ich hatte auch schon den Gedanken...

... muss das echt hart sein.

...

Aber ...

... wenn man ständig zu hören bekommt, was für ein Glück man doch habe, in solch eine Familie geboren worden zu sein...

Aber das ist bestimmt...

Er hat sicher eine Menge durchgemacht.

... längst nicht alles.

Yugo...

... hat auch immer noch ein schlechtes Verhältnis zu den Eltern seiner Freundin.

Bitte
entschuldige.

Ja...

Ich wusste
Bescheid...

... und habe
so getan, als
würde ich
nichts mit-
bekommen.

...

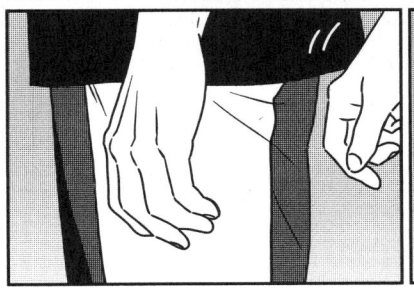

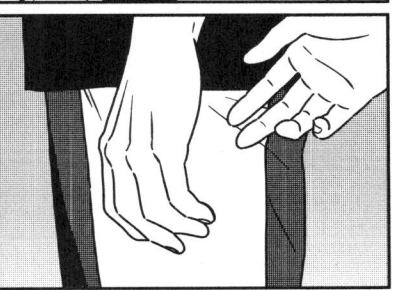

Er hat schon nachgefragt!

SMS/MMS

Hier Tsujitani. Danke für das Gespräch vorhin. Ich habe eine Anfrage an die Schule gestellt und die Erlaubnis erhalten. Diesen Monat würde es mir nächste Woche am 23. am besten passen. Wären Sie damit einverstanden?

Ähm, am 23....

PLINGS

Eine Nachricht von Herrn Tsujitani.

TRUBEL

TRUBEL

Wenn du nichts da-gegen hast, könnte ich auch alleine hingehen.

Da muss ich ar-beiten.

Ah...

Ich frag ihn, ob ein anderer Tag geht.

Ich brauche ja nur die Bilder ab-zuholen.

Aber...

Das ist alles. Unser Band ist nur hauchdünn.

Außerdem irrst du dich!

Ihn wiederzusehen ist für mich die einzige Möglichkeit, mich zu vergewissern, ob es stimmt.

...

Nun ja...

Auch, als wir uns begegnet sind, Azuma.

Ich war so oft kurz davor, einfach aufzugeben.

Nur weil du mir hilfst...

... und ich konnte mit dir über alles reden.

Aber du warst für mich da...

... kann ich mich immer noch aufraffen.

Wie...

...meinst du das genau?

Azuma...

Azuma.

Bist du inzwischen über dieses Mädchen hinweg?

Oder kann dir die Liebe immer noch gestohlen bleiben?

... nachdem wir Ren gefunden haben?

Können wir weiter Freunde bleiben...

Ich möchte Ren unbedingt wiedersehen.

Je mehr ich über Ren erfahre, desto stärker wird meine Sehnsucht nach ihm.

Aber...

... warme Hände berühren...

... ich möchte auch Azumas...

Gefun-
den!

Hier
ist es!

Wow!

Die Bilder,
die erhalten
blieben, ohne
dass er sie
übermalt
hat, sind
...

Ah!

Gibt
es viel-
leicht noch
mehr?

Das muss das
Bild sein, das
er als Letz-
tes gemalt
hat.

So ein
Gemälde ist
ja richtig
schwer!

Das
ist
also
von
ihm?

164

D...

Das ist ja...

Die Person auf dem Bild hat wirklich Ähnlichkeit mit Herrn Mahaba.

Herr Inohara.

Die beiden ...

... müssen einander enorm viel bedeuten.

... kenne ich jemanden, der Ren Mochizuki sein könnte.

Möglicherweise...

Was...?

4. Kapitel / Ende

Auf Empfehlung eines Autors, für den ich zuständig war, habe ich einen Maler mit einer Illustration beauftragt.

Das war kurz nachdem ich bei dem Literaturmagazin angefangen habe.

Der Name des Malers lautete Rei Mitsuya.

Dabei handelte es sich jedoch um ein Pseudonym, das von einem gemeinsam arbeitenden Duo verwendet wurde.

Das erzählte mir der weibliche Part des Duos bei unserem ersten Treffen.

Es war ein Stil, bei dem das Objekt in der Stille und aus einer direkten Perspektive heraus dargestellt wurde.

... ein sonderbares Gefühl der Vertrautheit.

Reis Bilder weckten in mir von Anfang an...

Eine Frau...?

Da habe ich mich bereits gefragt, ob er es wirklich sein könnte.

... da der Künstler selbst gesundheitlich angeschlagen sei.

Die Frau erklärte mir, dass die Kommunikation grundsätzlich über sie als Managerin liefe...

Und dann, eines Tages...

Hallo?

Auf dem Handy erreiche ich sie nicht.

Ich versuche es mal über ihren Privatanschluss.

Ich bin Tsujitani von Shu-eisha.

Ein Mann?

Oh!

Bitte verzeihen Sie die Störung.

Das ist in Ordnung.

Ich höre mir an, worum es geht.

...

Ich rufe auf dieser Nummer an, weil ich dringend eine Bestätigung benötige...

... auf dem Handy aber nicht durchgekommen bin...

Ich finde Ihre Bilder wunderschön. Ich liebe sie.

Ähm...

Es ist mir eine Ehre, mit Ihnen arbeiten zu dürfen.

Wir haben uns eine Weile unterhalten...

... und ich war mir praktisch schon sicher...

... aber...

Dann machen wir es wie besprochen.

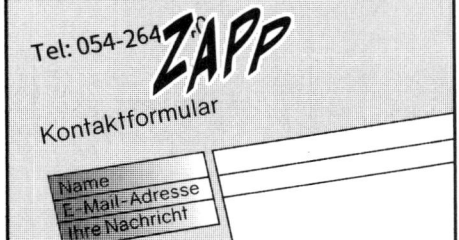

Da steht die Telefonnummer...

Nur ein Treffen...

Nein...

Schon ein Treffen kann alles...

Ich habe Ren gefunden...

Herr Tsujitani weiß nicht, dass die beiden Schicksalspartner sind.

Was denke ich mir eigentlich dabei?!

Mahoro?

174

Ja...

Es ist so...

Wir konnten...

... keine Bilder von ihm finden...

»Was, wenn Ren und diese Frau ein Paar sind?«

Wozu habe ich ihm denn die ganze Zeit geholfen?!

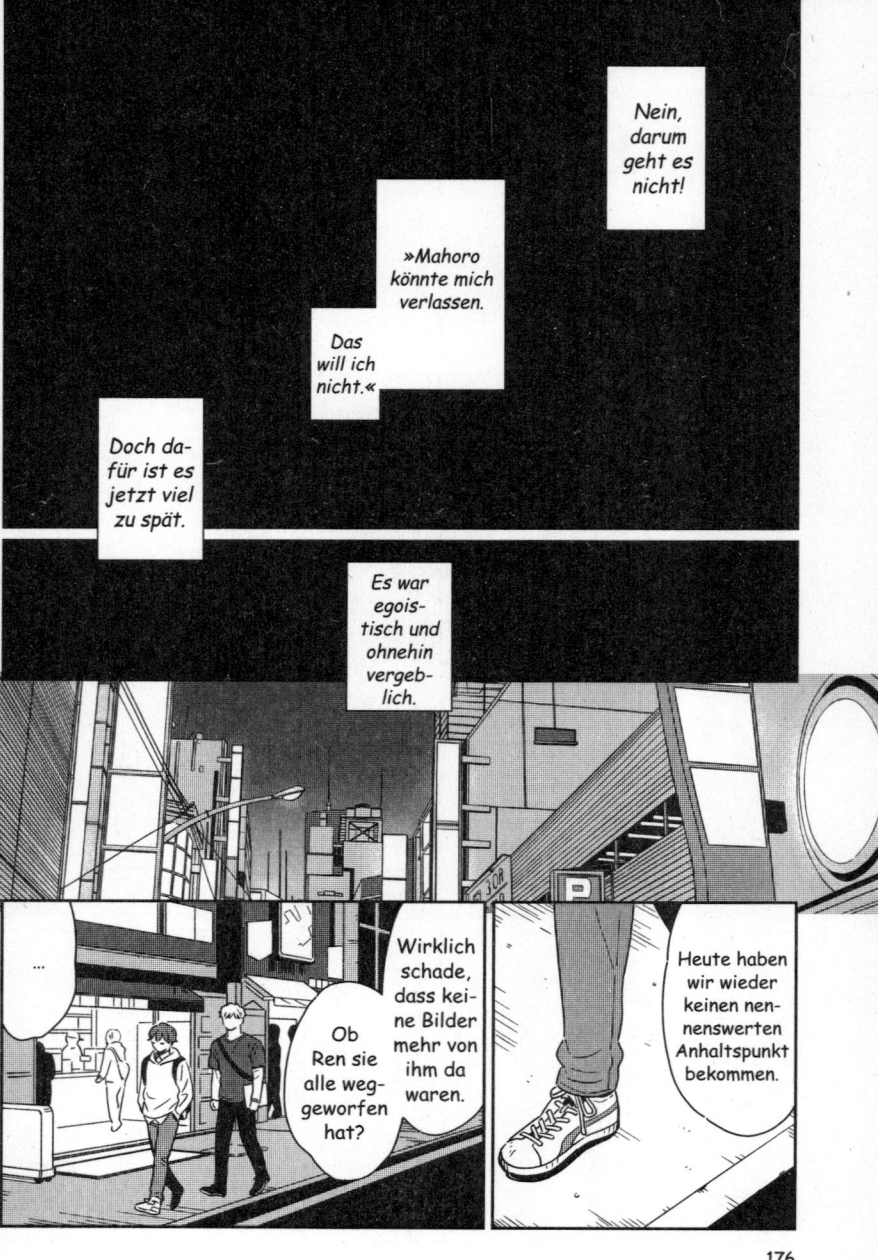

Nein, darum geht es nicht!

»Mahoro könnte mich verlassen.

Das will ich nicht.«

Doch dafür ist es jetzt viel zu spät.

Es war egoistisch und ohnehin vergeblich.

...

Ob Ren sie alle weggeworfen hat?

Wirklich schade, dass keine Bilder mehr von ihm da waren.

Heute haben wir wieder keinen nennenswerten Anhaltspunkt bekommen.

Vielleicht gönne ich mir heute ein Bier.

Ich hab auch eine harte Woche hinter mir.

Azuma, du bist heute so schlecht drauf.

Sind die Kurse so stressig?

Aber ich hab dich noch nie Alkohol trinken sehen.

Du bist doch schon volljährig.

Wo du gerade davon redest...

Ja, ich trinke nur gelegentlich.

N... Nein...

LÄRM

LÄRM

Da fällt mir ein, letzte Woche hatte ich ja Geburtstag.

Ach ja...

Du hattest mir immerhin Takoyaki ausgegeben...

Ah!

Na ja, als es mir auffiel, dachte ich nur »Ach, das ist ja heute«, und das war's dann auch.

Das kommt mir irgendwie bekannt vor.

Was?!

Wieso hast du mir das denn nicht gesagt?!

Heißt, ich bin schon 21!

... demnächst mal besuchen!

Dann komm mich doch...

... die Wahrheit sagen...

Und dann muss ich ihm...

So eine hab ich noch nie benutzt.

Ich brate jetzt den Teig.

Damit gelingen sie bestimmt und schmecken noch besser.

Hast du die extra gekauft?!

Eine Form aus Gusseisen?!

Du kannst sie ruhig bis zum Rand füllen!

Ach so?

GLUCK

Lass mich mal!

Du musst sie vom Rand her drehen...

BRUTZEL

Wir müssen sie wenden!

Klasse, so eine gusseiserne Form!

Die Unterseite ist schon kross.

Egal wie sie zubereitet sind, Takoyaki sind immer lecker!

MAMPF

Die sind gut!

Ja.

BRUTZEL

Hah...

Fang schon mal mit denen an, die fertig sind.

Sonst brennen sie an.

Ups! Die lassen sich ja schlecht wenden!

MATSCH

MATSCH

Uwah!

Hast du die Hitze zu stark eingestellt?!

KUSCHEL

Hihi.

Ich hab schon ewig nicht mehr selbst Takoyaki gemacht.

Das war lustig.

Ah.

Es riecht genauso wie in Azumas Armen...

...

KLAPPER

Maho...

Ich muss
es ihm
sagen...

Ich muss mich bei ihm entschuldigen...

Ich war nur kurz einkaufen.

Bin gleich zu Hause.

Mahoro?

B
WW

B
WW

RUTSCH
ズ

・・・

Bitte entschuldige...

Wieso...?

Warum hast du gelogen?!

Ich wollte dir gestern die Wahrheit sagen und mich entschuldigen...

Tut mir leid...

Ich hätte
es ihm sagen
sollen.

Ich habe
doch Ren.

Er ist zum
Greifen nah.

Ich fühlte
mich zu Azuma
hingezogen.

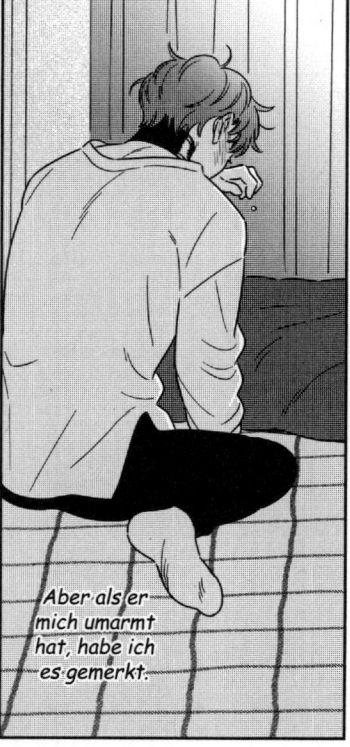

Aber als er
mich umarmt
hat, habe ich
es gemerkt.

Damals...

Damals...

Damals...

Damals...

Damals...

*Bitte, Rad
der Zeit...*

*... dreh dich
zurück!*

5. Kapitel / Ende

6. Kapitel

Was?

Tatsäch-
lich.

Na so
was!

Es
schneit!

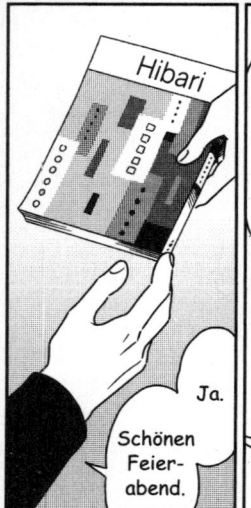

Hibari

Ja.

Schönen
Feier-
abend.

Nimmst
du die
»Hibari«
wieder
mit?

Es wird
Zeit, die
Magazine
auszutau-
schen.

Kein
Wunder,
dass es
so kalt
ist.

Stimmt.

Der Schnee...

... fällt schon ziemlich stark...

So was passiert mir...

... zum ersten Mal.

Und jetzt...

... kann ich weder vor noch zurück...

... brauchte ich einfach nur geradewegs auf eine einzelne Person zuzugehen – in Richtung Ren.

Bisher...

Ich komme mir wie ein Idiot vor.

Azuma.

He.

Das ist die
Jahreszeit,
in der wir uns
begegnet sind.

d: Rei Mitsuya

Ein Horo-skop...

War das vorher auch schon in diesem Magazin?

Polopolo präsentiert:
Dein Horoskop
kurz und knapp

Stier

Zwillinge

Krebs

Hibari

Die
Antwort...

... kenne ich
bereits...

Tel:054-2█ 84.0

Kontaktformular

...

... kann ich notfalls direkt auflegen...

Ist schon gut! Bei einem Anruf...

... nur eine Frage stellen kann...

Wenn ich ihm...

... werde ich danach gleich wieder...

Kontaktformular

Name
E-Mail-Adresse
Ihre Nachricht

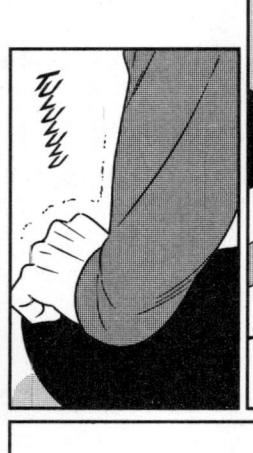

Jahaa?

Eine Kinderstimme?

He, Moe! Gib das her!

Hallo?

Ah...

?

Allo!

»Ko«…?

Ich möchte lieber nichts über dich erfahren.

Ent-schul-dige.

Würde ich auch nur ein kleines Detail über dich wis-sen...

... würde ich dich nicht mehr aus dem Kopf bekommen...

Ja...

Leb wohl...

... mein Schicksal.

An Ko

RAUSCH.....

Oh.
Soll ich dir noch einen Apfel schälen?

Nein, danke.

Sonst passt das Abendessen nicht mehr rein.

Das müssen wir feiern!

Aber ...

... du hast die Trainer-Qualifikation erhalten!

Soll ich nicht doch noch Sushi bestellen?

Muss nicht sein.

Hier kann ich...

... zur Ruhe kommen...

Aber hör mal, wenn du uns schon besuchst...

... hättest du doch auch an Neujahr kommen können!

Ursprünglich bin ich nach Tokyo geflohen, um von hier wegzukommen.

Was für eine Ironie...

Diesmal bin ich vor Tokyo weggelaufen und hierher zurückgekommen.

Mir ist nicht zu helfen...

Mutti, warum schickst du mich denn...

... so plötzlich los, um Krabben zu kau...

Bin wieder da!

ガチャ
KLACK

Willkommen daheim. Wir feiern heute.

Azuma?! Yugo?!

Das könnte ich dich fragen!

Was machst du denn hier?!

Wohnt mit seiner Freundin in der Nähe der örtlichen medizinischen Uni. (Hat gerade Frühjahrsferien.)

Du isst doch auch mit!

Was?!

Dann hast du mich einkaufen geschickt, damit er sich mit Krabben vollstopfen kann?!

Wir hatten den gleichen Gedanken...

Zumindest einen ähnlichen...

Jetzt gib mir schon die Krabben!

Mutter!

Yugo ist seit gestern hier. Er hat sich mit Chise gestritten.

Gestritten?

Das ist doch keine Superkraft!

SEUFZ

...

Solltet ihr mit der Kraft des Schicksals, oder wie auch immer, nicht alle Probleme überwinden können?

Ich verstehe das nicht.

Da ist das Schicksal zweitrangig!

Außerdem geht es hier um zwei Menschen!

GRUMMEL...

Aber irgendwie...

...

Wenn du meinst.

Hier, ein Apfel für dich.

Recht hat 'er...

Chise ist ein richtiger Dickkopf!

Und führt...

... ein harmonisches Leben, so wie es sein soll!

Dann sprecht euch richtig aus!

KLATER

Aber er hat doch recht.

Geh schnell wieder zu ihr zurück!

Sieht ihm gar nicht ähnlich.

Warum rastet er denn gleich so aus?

Ich geh spazieren!

Hä...?

Ich frage mich, wieso.

VROMM

Ihm ins Gesicht zu sehen...

...fiel mir nicht so schwer, wie ich erwartet hatte.

...

Ah...

Mahoro...?

GR 由良駅

Wie jetzt?!
Zum zweiten Mal.

Lange nicht gesehen.

ヒュ…ッ…
FYUU...

Wie schön!

Auch wenn ein starker Wellengang herrscht.

Ist zwischen ...

... dir und Ren etwas vorgefallen?

Wa-rum...

... trägst du immer noch dein Halsband?

Maho-ro...

... lies das.

Bitte...

An Ko

Ja.

Aber deswegen bin ich nicht hier.

Ich fange bei
unserer ersten
Begegnung an.

Damals
waren wir
Kinder...

Heute ist
das eine
weit...

... und ver-
standen die
Bedeutung
des Wortes
»Schicksal«
noch nicht.

Warum konnten
wir uns nicht erst
deutlich später
oder gleich viel
früher begegnen?

... sehr weit
zurückliegen-
de Erinne-
rung.

In meinen
Erinnerungen
hat mein Papa
immer ein
Lächeln im
Gesicht.

Mein Vater,
der mich zur
Welt brach-
te, hatte eine
schwache
Konstitution.

Als ich zehn
Jahre alt
war, schied
er aus dieser
Welt.

227

Für meine Bilder überhäufte er mich mit Lob...

... und hängte sie überall an den Wänden auf.

... bis entfernte Verwandte, das Ehepaar Iwasaki, mich bei sich aufnahmen.

Ihr Haus war ganz in der Nähe des Parks...

... und sie waren sehr freundliche Menschen.

Nachdem ich ihn verlor...

... wanderte ich von Heim zu Heim...

Aber ich lebte noch nicht lange bei ihnen...

... da stand ein fremder Mann in der Tür.

Ich habe erfahren, dass du mein Sohn bist.

Und dann kam er.

Dieser Mann heißt Mochizuki und ist mein Erzeuger.

Ich kann mir aber vorstellen, dass es einer dieser ungeplanten Zwischenfälle zwischen einem α und einem Ω war.

... wollte mir niemand erklären.

Was genau zwischen meinen beiden Vätern vorgefallen war...

Irgendwie machte er mich ausfindig und nahm mich zu sich, damit ich seine Nachfolge antrete.

Es gelang ihm und seiner Ehefrau nicht, Kinder zu bekommen.

In dieser Zeit...

..., bin ich dir begegnet.

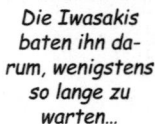

Die Iwasakis baten ihn darum, wenigstens so lange zu warten...

... bis die Sommerferien vorüber wären.

Mein Vater kam mehrmals zu Besuch und ließ mich untersuchen oder machte Intelligenztests und dergleichen mit mir.

So auch an jenem Tag.

Weißt du...

doch da war es schon zu spät.

Am Tag darauf begann ich, nach dir zu suchen...

... aber das ist der Grund, warum ich nicht von hier weg möchte.

Ich suche nach einem Jungen.

Ich weiß zwar nicht, wo er wohnt oder wie er heißt...

Aufgeben wollte ich trotzdem nicht.

Mein Vater war ein wortkarger Mann...

... und sehr unnahbar. Das genaue Gegenteil von meinem Papa.

Es gibt nichts, das Mitglieder des Hauses Mochizuki nicht erreichen können.

Ich werde ihn zweifellos finden.

Wenn das so ist...

... solltest du erst recht mit mir kommen.

Darum entschied ich mich aus freien Stücken für die Familie Mochizuki.

Doch sein Versprechen kam von Herzen, da bin ich sicher.

... merkte ich, dass alle Nettigkeit dort nur geheuchelt war.

Aber schon bald...

Das ungewohnt luxuriöse Leben dort war am Anfang sehr aufregend.

Die endlos langen Tage, an denen ich bergeweise Wissen in meinen Kopf hineinstopfen musste...

... kam ich mir immer nur wie ein Fremdkörper vor.

Obwohl ich als Nachfolger in die Familie aufgenommen wurde...

... überstand ich nur dank Vaters Versprechen, dich zu finden.

Vater...

Vater!

Und dann...

... eines Tages...

232

Darin steht eine Theorie beschrieben, laut der es αs und Ωs gibt, zwischen denen eine Schicksalsbeziehung besteht.

Ich habe dieses Buch gefunden!

Wissenschaftliche Betrachtungen über Schicksalspaare

Ich wusste sofort »Das ist es!«.

Ich kann es nicht erklären...

... aber ich bin mir ganz sicher! Dieser Junge...

... ist mein Schicksalspartner!

... und töricht genug, dem ausdruckslosen Gesicht meines Vaters...

... weiterhin Glauben zu schenken.

Ich war so naiv, ihm davon zu erzählen...

Ich verstehe...

... *schon viel früher auffallen müssen...*

Es hätte mir...

Nein, ich habe ihn noch nicht gefunden.

Vater... ... hast du den Jungen ...?

... dass es in diesem Hause keinen einzigen Ω gab.

Und dann verstand ich...

Mehr brauchte es nicht, um dafür zu sorgen, dass praktisch jede Verbindung zu dir gekappt wurde.

Das Problem war nicht, ob er an das Schicksal glaubte oder nicht...

... sondern dass du ein Ω bist.

... eigentlich durch mich hindurch auf meinen Papa gerichtet waren.

... dass die Blicke der Leute, die mich wie einen Fremdkörper ansahen...

... das von einem Menschen zur Welt gebracht wurde, den sie nicht einmal kannten.

Egal wie viel Wissen oder Bildung ich mir aneignen würde...

... mein Umfeld wird in mir immer nur das zerbrechliche und sehschwache Kind sehen...

Und das...

... konnte ich ihnen nicht vergeben, so stark meine Sehnsucht nach dir auch war.

Darum...

... verschloss ich meine Gefühle für dich im tiefsten Winkel meines Herzens.

... gab ich alles auf, um zu beweisen, dass ich herausragend bin, und sie zu zwingen, mich anzuerkennen.

Weil Papa mir leidtat...

... ließ ich mir meinen Erfolg zu Kopf steigen.

Wie der Held in einer Tragödie...

Ich war entschlossen, ein würdiger Nachfolger zu werden, den sie akzeptieren mussten.

Doch...

... kommt es mir vor, als hätte ich immerzu die falschen Entscheidungen getroffen.

... aus heutiger Sicht, nachdem das alles längst Schnee von gestern ist...

Ich hatte mich wieder und wieder überarbeitet, bis mein Körper völlig entkräftet war...

Meine Sehkraft lässt immer weiter nach...

... und ich an einem Augenleiden erkrankte.

... und eines Tages werde ich vollständig erblinden.

Ich bin nicht mehr in der Lage, unter Beweis zu stellen, dass Papa ein respektabler Mann war.

Und dich wiedersehen kann ich auch nicht...

6. Kapitel / Ende

Das darf doch nicht ...

RASCHEL

... sein Augenlicht verlieren...?

Er wird ...

Das...

Das ist doch...

Bitte lies den Brief bis zum Ende.

RASCHEN

FYUU

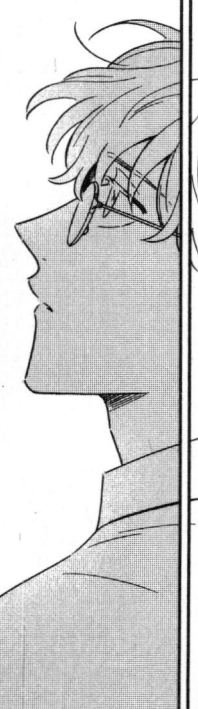

Nun war ich allein...

Mein Wunsch, aus dem Familienregister gelöscht zu werden, wurde, ohne mit der Wimper zu zucken, akzeptiert.

Und als ob mich die Fügung verspotten wollte...

... erfuhr ich zur gleichen Zeit von der Schwangerschaft meiner Stiefmutter.

Letztes Kapitel

Ich nahm mir vor...

... in der mir verbleibenden Zeit...

... einfach nur noch zu malen.

STARRY G ALLERY

... und das führte mich in die Gegenwart.

Ich widmete mich wieder dem Kunststudium, wobei ich eine Frau kennenlernte...

Ich hoffte, dass es für dich genauso sei...

... und du mich vergessen würdest.

Mehr, als mir das zu wünschen, konnte ich nicht tun.

Und obwohl ich in meinem Leben einen Fehler nach dem anderen beging...

... habe auch ich etwas, das für mich unersetzlich ist.

Der Weg zu dir...

... lag inzwischen so weit entfernt, dass er für mich unerreichbar war.

... dass es dir genauso geht.

... als ich erfuhr...

Darum habe ich mich ehrlich gefreut...

Ich danke dir, dass du nach mir gesucht hast.

... und ich werde mich immer an dich erinnern.

Du bist mein einziger Schicksals-partner...

Bitte erlaube mir, zu verges-sen...

... wie hell der Himmel an dem Tag strahlte, als ich dir begegnet bin.

RAUSCH

Vergessen?

»Dass es dir genauso geht«...?

Wieso...?

...

Warum?

KLAMMER

Azuma...

... um dir Folgendes zu sagen.

Ich bin hergekommen...

Ich...

... liebe
dich
auch!

Du warst
immer so
nett zu
mir...

Doch der
Gedanke, dass
du irgend-
wann daran
zerbrechen
könntest...

... wenn
du wei-
terhin so
gutmütig
bist...

...
berei-
tete mir
Sorgen.

Ich
liebe
dich...

... Mahoro!

... habe ich mich die ganze Zeit danach gesehnt.

Auch nachdem wir Freunde wurden...

... so warm, Azuma.

Du bist...

STOSS

Da...

... alles du mir beige-bracht, Mahoro.

Das kommt immer drauf ...

... an...!

Ah!

STOSS

Ah...!

STOSS

Nicht...

... schon wie-der...

FRECH

Dein »Nein« ...

... heißt »mehr«...

... oder nicht?

Das hast...

!

Nein...!

Ne... ...

Hah...

Hah...

KNARR

(fff)

(fff)

Ah...

...

KNARR

Mh...

Hah!

Hah...

Azu-
ma...

!

Ich
dich
auch...

Uh!

Azu-
ma...

Ich
liebe
dich...

Hah...

Mh!

Ah!

KNARR

Ah!

KNARR

Hah!

... Kotaro!

Mh...

Ent-
schul-
dige.

Hast du telefoniert?

Ja.

Mit meiner Mutter.

Kommst du morgen mit zu mir?

... weil sie doch zur Feier des Tages extra ein Festmahl zubereitet hat.

Sie war ganz schön sauer...

BIEP

Und...

Ach ja!!!

SCHRECK

Was gibt es denn zu feiern ...?

TRÄUM

Ah.

Ich habe die Trainer-Qualifikation erhalten.

So ein Mist...

Ah!

Es ist noch nicht Mitternacht, oder?!

Könnte sein, dass sie alle zermatscht sind...

RASCHEL

Möchtest du sie essen?

Die hab ich in Tokyo am Bahnhof gekauft.

Takoyaki ...

Ich esse alle auf!

...

Hihi.

Gerne.

Jetzt bist du 20.

... zum Geburtstag!

Alles Gute...

Das war die Geschichte unseres ersten gemeinsamen Jahres plus ein paar Wochen.

Aber unsere Geschichte...

... geht noch weiter.

City Lights Birthday / Ende

Special Thanks

Redaktion:

Koike

Design:

Entokyu

Shirakawa

Druck:

Toppan Insatsu

Assistenten:

A.

Meinen Freunden und Familie

Bloom-Redaktion & Homesha

Allen Buchhandlungen des Landes

Allen, die an der Entstehung beteiligt waren

Allen, die dieses Buch gelesen haben

Nachwort

Was mich bei der Arbeit an diesem im Omegaverse spielenden Werk am meisten berührt hat, war dass das Leben in dieser Welt von Traurigkeit und Schmerz begleitet ist.

Darum wünschte ich mir für den Ω meiner Geschichte eine zärtliche Liebe. Der β sollte ihn auswählen, weil er für ihn unersetzlich ist. Darüber hinaus wollte ich zeigen, wie groß der Druck auf αs lastet, unentwegt überlegen sein zu müssen, und was mit denen geschieht, die dem nicht standhalten können.

Wahrscheinlich deckt sich dieser Aspekt mit unserer Welt, deshalb kam mir die Arbeit an diesem Werk sonderbarerweise nicht anders vor als sonst.

Als ich fertig war, habe ich überlegt, ob es ihnen wirklich gelungen ist, sich dem Schicksal zu widersetzen. Ich denke, dass die Figuren ihr Glück gefunden haben, auch wenn es ihnen nicht möglich ist, dem Schicksal zu trotzen.

Sie haben nicht aufgegeben. Es ist einfach ihre Art zu kämpfen.

Ich hoffe, die Geschichte hat euch gefallen. Vielen Dank, dass ihr diesem Buch begegnet seid! Es würde mich sehr freuen, wenn wir uns eines Tages wiedersehen.

HALT!

City Lights Birthday ist ein japanischer Manga, der originalgetreu von »hinten« nach »vorne« und von rechts nach links gelesen wird! Schlagt das Buch also »hinten« auf und blättert Seite für Seite nach »vorne« weiter! Auch die Bilder und Sprechblasen werden von rechts oben nach links unten gelesen, wie es in der Grafik gezeigt wird! HAYABUSA wünscht gute Unterhaltung!

Wir behalten uns die Nutzung unserer Inhalte für Text- und Data-Mining im Sinne von § 44b UrhG ausdrücklich vor.

HAYABUSA
2023 Carlsen Verlag GmbH, Völckersstraße 14-20, 22765 Hamburg
Aus dem Japanischen von Diana Hesse
CITY LIGHTS BIRTHDAY © 2020 by Chika Hongo
All rights reserved. First published in Japan in 2020 by HOME-SHA Inc., Tokyo.
German translation rights in Germany, Austria, Luxembourg and German-speaking Switzerland arranged by SHUEISHA Inc. through VME PLB SAS, France.
Original Cover Design: Shirakawa / ENTOKYU
Redaktion: Julia Liebetraut
Herstellung: Lena Voigt
Alle deutschen Rechte vorbehalten
ISBN: 978-3-551-62142-9

FIND THE FALCON
www.hayabusa-manga.de
www.carlsen.de
hayabusa_manga
HayabusaTweets

MIX
Papier | Fördert gute Waldnutzung
FSC® C083411

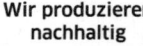

Wir produzieren nachhaltig

- Klimaneutrales Produkt
- Papiere aus nachhaltigen und kontrollierten Quellen
- Hergestellt in Europa